일러스트_김예빈(한지에 수묵화)

집 없는 시대의 자화상

人
人 사십편시선 013

김영언 시집

집 없는 시대의 자화상

2014년 8월 25일 제1판 제1쇄 인쇄
2014년 8월 29일 제1판 제1쇄 발행

지은이   김영언
펴낸이   강봉구

편집   김희주
일러스트   김예빈
디자인   bonggune
인쇄제본   (주)아이엠피

펴낸곳   작은숲출판사
등록번호   제406-2013-000081호
주소   100-250 서울시 중구 퇴계로 32길 34(예장동) 2층
전화   070-4067-8560
팩스   0505-499-8560
홈페이지   http://cafe.daum.net/littlef2010
이메일   littlef2010@daum.net

ⓒ 김영언

ISBN 978-89-97581-58-0 03810
값은 뒤표지에 있습니다.

집 없는 시대의 자화상

김영언 시집

작은숲

이제 겨우 여기까지 오다니,
풍경보다도 느린 걸음이 부끄럽다.
삶을 닮은 말들도 가볍고 느슨하기 그지없다.

대중과의 다정한 소통을 거부한 채
해독 불능의 암호로 전락해버린 시들이
자신만의 밀실 구석에서 자폐(自閉)를 앓고 있는 현실에
결코 영합할 수 없다는 객기 때문이었을까?

이곳으로 거처를 옮긴 뒤 한동안은
서녘 하늘께에서 노을을 온몸에 듬뿍 묻히고
계절의 파편 같이 무수하게 흩날려오는 기러기 떼의 행렬이
마니산 등성이에 수묵화처럼 그어지는 어스름 풍경을 바라보며

언제나 8시에 떠나는 카테리니행 기차를 안타까워하는
아그네스 발차의 처연한 절규에 사로잡혀 어둠 속 은자처럼 지냈다.

올해는 마당가 홍매화가 어느 해보다도 훨씬 이르게 웃었다.
그와 더불어 모든 것들이 맑게 깨어나고
그 청아한 향기가 어둠을 씻어내기를 소망하며
봄밤의 한때를, 탑돌이 하듯 그 나무 주위를 맴돌곤 했다.
삶이 좀 더 엄숙해지고 마음도 좀 더 깊어졌으면 좋겠다고 생각했다.

척박한 동시대를 함께 걸으며 힘이 되어 주고 있는 가족과 벗들,
바쁜 중에도 과분하리만치 다정한 발문을 보태 주신 시인 박두규 형,
어려운 사정에도 불구하고 어쭙잖은 생각들을 보듬어 주신 〈작은숲〉에
머리 숙여 고마움을 새긴다.

— 2014년 봄날,
진달래 물드는 마니산 자락에서
김영언

| 차례 |

제3부 사랑 무렵

제1부

오두막에서 연기를 피우다

나무

초겨울 햇살 식어
물빛마저 증발해버린 호숫가
몇 잎 남지 않은 추억을 매달고
한 그루 나무
돌아갈 곳 잃고
깊어가는 어스름 속에 섰네
그리움이 안개인 줄을 모른다는 듯
누군가를 부르는 듯 야윈 가지 흔드네
한 겹씩 그림자를 벗어 물 속에 적시다가
제 몸 이미 수면에 기울어진 것도 모르고
어쩌면 한 생이 다 기울어지고
세상 밖으로 잠겨버릴지도 모르는데
고통스럽게 어둠을 떠안겠다는 듯
차마 발길을 돌리지 못하네
언젠가는 우리 모두
투명하게 생을 던져야할

맑은 호수에 이르게 되리라는 걸
이미 알고나 있다는 듯이

욕심

평소
자랑삼아 흔들던
무성한 가지

지난해 태풍 보챌 때도
하나도 내려놓지 않으려고
사납게 웅웅거리더니

가벼운 눈
얕잡아보다가
가지마다
욕심껏 떠안다가

통째로 쓰러져버린
겨울 소나무

서리태 농사

아무데나 심어도 거름을 주지 않아도 잘 되는 게 콩이라고 일러준 옆집 할머니 말씀 듣고 서리태 몇 줌 얻어다가 집 뒤 공터에 심었는데 과연 얼마 지나지 않아 땅을 뚫고 공손하게 머리를 내미는 떡잎에 마음까지 푸르게 물들어갈 무렵 다시 할머니 지나시다가 에이 너무 뵈게 심었구만 듬성듬성 시원하게 속아내라고 일갈을 고하셨는데 막상 뽑아내려니 어느 것 하나 귀엽지 않은 놈 없고 아까운 생각에 적당히 하는 척만 했더니 가을 깊어갈수록 단단하게 굵은 대가 쓰러질듯 다닥다닥 꼬투리 매달고 불룩하게 익어가는 할머니 콩밭과는 달리 서로 몸통 밀쳐대며 싸우느라 쇠약해빠지게 가늘어진 우리 콩대들 겨우 서너 개씩 꼬투리 매달고 서서도 힘겨운 듯 이리저리 쓰러지려는데 거봐 욕심을 너무 부리면 되레 안 된다고 했는데 요새 젊은 것들 늙은이 말 안 듣고 세상 제대로 되는 거 뭐 있간디 따끈한 햇살 같은 질책 속에서 콩 대신 내 얼굴이 화끈화끈 익어가던 그 가을날 된서리 맞은 서리태 농사

잃어버린 배추밭

집 뒤 공터를
무허가로 점령하고 있는 잡초를 뽑아내고
우량 품종 인증을 받은 배추 한 판을 심었다
정성스레 도닥여준 열망 속으로
머지않아 풍요로움이 통통하게 들어찰 것이리라

추석 지나고
달빛이 밤마다 축축하게 이슬에 씻길 무렵
아무 거리낌 없이 몸 부풀리던 배추밭이
포기 포기 시름없이 주저앉기 시작했다
굼뜨기 짝이 없는 푸른색 벌레 몇 마리가
꿈의 잎새마다 숭숭 구멍을 뚫어대기 시작했다

아차,
조급하게 뿜어대던 살충제 세례를 받고서도
몸 비틀다 말라죽은 채 매달려 있는 배추벌레

저렇게도 우매하리만치 처절한 악착같음이라니

지극히 속 좁은 증오보다 더 절실했던 무엇이었을까

집짓기

집을 짓는다
허공에 벽을 둘러치고
길을 막고 하늘을 가린다

바람의 길이었으나
구름의 정원이었으나
하늘을 덮고 서서 자는 벚나무의 잠자리였으나

욕망의 높이만큼
견고하게 구획을 짓고
나무의 잠을 쓰러뜨린다

이 세상 잠시
꿈의 밀실을 꾸미기 위해
층층이 벽돌을 쌓아 올린다

지상을 밀어 올려
구름 같은 삶을 세웠으나
비로소 허공을 차지하였으나

저 멀리
흰 구름 흩어지는 것도 모르고
눈을 가린다

오두막에서 연기를 피우다

세상 한 모퉁이
액자처럼 걸려 있는 외딴 오두막에 들어앉아
풍경 밖으로 하릴없이
닿을 곳 없는 음성부호 같은 연기를 피워 올린다
잡다한 생각들을 똑똑 꺾어 불더미 속에 던져 넣으며
주저 없이 하늘을 치받던 키 높은 낙엽송들이
도막도막 욕망을 꺾고
숲 속으로 몸을 낮추는 모습을 물끄러미 바라본다
동강난 나무들의 정령이 허물을 벗듯 재를 떨구고
더 큰 풍경으로 너울너울 승천할 준비를 한다
더러는 쉽사리 숲을 떠나지 못하고
층층나무 여린 손마디를 감싸쥐고 소매를 팔락거린다
연기. 연기가 풍경 위에 평화를 덧칠하며
미처 마음을 비우지 못한 가지 끝 늦바랜 단풍을 도닥거려
훈훈하게 감싸안고 어디론가 떠나는 어스름 풍경을

계절을 넘어가던 저녁 새 몇 마리 쪼아 물고

두어 모금 바삭바삭 마른 영혼 같은 울음 밖으로 떠나

간다

마음이 자꾸만 어설피 따라 나서려고 한다

풍경 밖으로 떠나며 풍경을 그려내는

저 아름다운 풍경

숲에서 어둠을 씻다

숲으로 간다
아침 나비를 잡으러 갔다가
나비에게 잡혀 도리어 발을 잘리고
안개에 묶여 태초처럼 몸이 무겁다
나비 떼가 안개를 물고
겹겹 둥근 산등성이 두엇 펼쳐 펄럭이며
노을 너머로 훨훨 기억을 지울 때까지
발 없이 마냥 굵어진 마음으론
거침없이 하늘을 찌르고
손끝마다 빽빽이 별빛을 찍어대는
낙엽송의 꿈 한 자락 붙잡지 못한다
계곡을 조급하게 뛰어내리던 물이
큰 바위 몇을 돌아 넘지 못하고
발이 걸려 하얗게 화를 낸다
마을로는 길마저 흐르지 못한다
이제 하는 수 없이 숲을 그린다

절망처럼 차라리 가벼워진 마음을
어둠에 듬뿍 묻혀 휙 그으니
다시 계곡 물이 흐르기 시작한다
정신이 반짝, 달빛이 눈부시다
바람이 나비처럼 날아오기 시작한다

다시 백마에서

비좁은 자취방에서 늘상 라면발처럼 마음의 주름을 펴지 못하던 후배는 문득 시인이 되겠다며 검은 머플러 문신을 두르고 백마행 교외선을 그렸다

新村驛으로부터 논두렁 같이 위태로운 철길로 젊은 입김이 몇 줌 소곤거리며 지나갔다 후미진 들길로 이따금 몇 송이의 첫눈발이 창틈을 엿보며 서성거리다 희미한 불빛을 훔쳐 달아났다

오규원 청단 김춘수 고도리 이성복 오광 김경미 쓰리고 피박 밤새 시집 따먹기 화투장를 뒤집는 동안 낯설지는 않았지만 급하게 낯익지도 않았던 여자애들은 냄비에 손을 데며 서툰 라면을 끓였다 주체하지 못할 객기처럼 뒤엉켜 불어터진 외로움을 꿰어 들고는 외로움마저 외롭지 않을 때까지 세월을 쓰러뜨리려고 소주병을 쓰러뜨렸다

언젠간 사랑이 함박눈처럼 퍼부을 것 같아 뒹굴던 벌판으로 얇은 시집 부피도 다 채우지 못한 채 문득 이십여 년이 지나가 버렸다 말쑥한 양복의 중년 가장이 된 후배는

이제 시인이 되지 않겠다며 더 이상 기차가 흘러가지 않는 화사랑에 앉아 주름진 눈을 낙타처럼 껌벅인다

사막은 왜 이다지도 먼 곳인지 묻고 싶어도 묻지 않는 법을 알아버린 나이에 맞게 두툼한 찻잔을 주물럭거리다가 취하지 않는 나이와 함박눈 대신 아파트가 펑펑 쌓인 들판과 속절없이 지나가버린 젊음에 대해 슬퍼해야 돼 슬퍼해야만 돼 나는 나오지 않는 외침으로 승용차를 몰며 기차가 보이지 않는 백마역을 그렸다

우린 모두 무언가에 대해 절망해야 했지만 절망하지는 않았다 미안해해야 했지만 미안하지도 않았다 언젠간 첫눈이 오면 다시 기차를 타리라 다짐했지만 오지 않을 거라고 더 이상 모두 다 오지 않을 거라고 내가 나에게 말했다

들깨를 터는 노인

수북이 쌓인
들깨 낟알 더미 속으로
백운 선생이 걸어 들어가신다

햇살이 따라 걸어가
한나절을 눌러 앉아
봉긋한 가을에 떼를 입혔다

허리 굽은 소나무 머릿결에서
치렁치렁 햇살을 털어 내려
봉긋하게 쌓아놓고
결 고운 떼를 입혔다

白雲 선생 무덤가에서
가을을 터는 노인

갯벌에서 날아오르다

겨울이다
갯벌의 종아리를 걷어 올리고
살비듬처럼 하얗게 쌓인 성엣장 위에 내려앉아
기계충 같은 몽롱한 햇살 쪼고 있는
한 무리의 새떼들
아슴프레한 노을 속으로 선득선득 날아오른 자리
듬성듬성 뽑히고 삭발당한 유년을
굴바구니에 쪼아 담고 있는
어머니
홀로 날개 젖은 물새

벌초
- 한리포 전설 27

어쩌면
아주 먼 시대였다고도 하고
청청 파도는 길고도 길게
가슴팍을 절벽 같이 깎아내며
변덕 심하게 철썩여 오는 동안
징용에서 돌아온 지아비가 다시
전쟁터에 나가 발이 부르트는 동안
지어미 홀로 베어내던
잡목 같은 전설이 우거진
뒷산 국수당 응달 속에는 이제
노루귀 몇 잎만이 가냘프게 남아
바스락 삭아가는 가랑잎에 기대
이른 봄바람에 시린 앞섶을 여미며
퇴색한 삶을 지키느라
퇴색해 가고 있는
그 뒤꼍으로는

몇 개의 핏방울
가계의 내력으로 튀겨 있어
베어도 베어도 웃자라는
질긴 띠를 입혀 놓은 사연
아마도 곰곰이 되새겨
다시 천 년을
곱게 곱게 다듬어야 하리

늙은 소나무

설 쇠고
다들 떠난 자리
뒷산 산소 옆 늙은 소나무 한 그루

보고 싶었던 자식들
밀물처럼 몰려왔다
썰물처럼 떠나버린
재 너머를 향해 기울어진 채
그리움을 발돋움하고서
세월아, 세월아,
돌아보지 않는 바람만
행여나, 쏴쏴 흔들고 있었다

언뜻 의무처럼 왔던 이들
어둠 밖으로 의무처럼 떠나보낸 뒤
고단한 그림자만이 홀로 남아

말없이 눈물도 없이

불빛 힘없이 사그라지던 대문간에 기대 서 있었다

호박처럼

애야, 추석이 너무 짧구나
차마 떨어지지 않는 발길 재촉하며
팔순 세월 동안 보름달로 떠서
둥글둥글 자식들 앞길 밝히느라
앞산 능선처럼 허리 휘어지고
눈가 굵은 주름 불그름히 골 깊게 익은
어머니 닮은 호박 한 덩어리 안고
죄송해요죄송해요 무겁게 환속하는 길
잿빛 아파트 입구 불빛 휘황한 마트 지날 때
어디서들 저렇게 많은 사랑 쉽게도 익혀 놓았는지
탐스럽게 진열되어 있는 윤기 고운 호박들
이런 거 저런 거 계산하면,
여기서 사 먹는 게 더 싼데,
무거운 거 들고 오느라 고생도 안하고,
썩 달갑지 않은 아내의 표정이
푸릇푸릇 풋호박처럼 얼룩이 진다

그러나 얄밉도록 알뜰한 당신이여
평생토록 익히고 익혀 곰삭은 사랑은
그리 쉽게는 얻을 수 없다는 것
그대 마음도 그렇게 익어가고 있다는 것
그대 마음 또한 그렇게 익어가야 한다는 것
정녕 모르지는 않으련만

나물밥에 대한 명상

고향에서 어머니 보내주신 나물들을
한상 가득 차려 놓은 대보름 밥상
마주 대하고 앉아 있으려니
마음이 봄비에 젖듯 촉촉해진다

박나물 다래순 오가피순 장아찌
고사리 애호박 말랭이 피마자잎

바싹 메말라 살아가던 낯선 땅
다시 마음에 물이 불어
연하고 실한 다래순이 휘감기고
이른 새벽 물안개 속에서
고사리순이 앙증맞게 머리를 밀어 올리고
박넝쿨이 울타리를 휘감고 너울너울 발돋움을 하고
오가피 새순이 쌉싸름하게 하늘거린다

말라 있던 나물에 물이 불 듯
삶도 다시 부드럽게 되살아나면 좋겠다고
기원하듯 나물밥을 먹는 정월대보름
어머니 얼굴 닮은 달빛 미소 그윽하다

고추 세상

거름도 잘 주고 약도 잘 쳤는디
땅서리 맞은 것처럼 주저앉으니
대체 이게 무슨 조화일까, 에구
고추 시상까지 다 속을 썩이네

부실하게 매달려 있는 고추를 속상해하며
실하게 익은 놈으로만 따 담은 광주리 옆에서
괜스레 우두커니 낯이 붉어진 가을날
배신한 고추를 책망하는 어머니의 푸념
시든 줄기처럼 서서 들으며 무안해졌다네

제2부

집 없는 시대의 자화상

기울어진 길

어머니 사시는 바닷가
시골집 가는 길이
널찍하게 시멘트로 포장되었다
밤길을 갈 때도
이젠 풀잎도 스치지 않고
발등이 이슬에 젖지 않아 좋긴 하다만
외지에서 놀러온 자동차 드나들더니
텃밭에 심은 채소도 간간이 없어지고
쓰레기 무더기만 군데군데 쌓여가는구나
길은 더 넓어지고 반듯해졌는데
인심은 점점 사나워지고
반듯하게 살던 이웃들
서로 의심하게 되었다고
반듯하던 어머니 목소리
힘없이 기울어지고 있었다

6시 내 고향

금 간 세월에
녹슨 노을을 바르며 기차가 지나간다

몇 개의 발자국 터덜터덜 돌아와도
이제 더 이상 길을 깨우지 못한다

숨 조이듯 풀이 길을 끊는다

빈 기차 소리
반쯤 허물어진 집 한 채 내려놓고 사라진다

연기 그친 굴뚝 위
누군가 고단한 삶이 그을려 있다

6시 내 고향

집 없는 시대의 자화상

그는 세상에 올 때 새생명산부인과에서 첫 울음을 울고 그곳이 본적지가 되었다

골목을 구석구석 누비는 노랑 학원 버스를 동무 삼아 조기영재교육 열풍에 휩쓸려 유년을 전전했다

인생역전의 꿈을 안고 아침도 대부분 거른 채 달려간 학교에서 가족 없는 점심과 저녁을 성장촉진제처럼 섭취하고 한밤중 이슥토록 야간자율학습에 정진하며 햇빛을 피해 속성으로 양육되었다

이따금씩 러브호텔에도 은밀히 드나들며 청춘의 무료함을 달래기도 하다가 중년이 속절없이 저물어 사오정이나 오륙도가 될 때까지 한 달씩 인생과 월급을 맞바꾸며 야근을 일삼았다

백수가 되어 마누라와 자식 눈치 보며 하릴없이 주눅들어 빈둥거리다가 몸 무거워지고 마음 가벼워질 무렵 서로 편해서 좋은 효성요양원에서 남들 보기 좋게 극진한 보살핌 받다가 영생장례식장에서 성대하게 이박 삼일의 마

지막 작별 예식을 치르고 타고 남은 재가 바람이 되었다

    삶이 너무나 역동적이어서 집에 머물 시간이 부족한 우리들의 시대에 반동적인 예언자처럼 살다 간 어느 시인의 말대로 그를 키운 건 팔 할이 집이 아니었다

* '사오정'은 '45세 정년퇴직', '오륙도'는 '56세까지 남아있으면 도둑놈'이라는 의미로 이른 나이에 직장에서 퇴직을 강요당하는 세태를 풍자하는 신조어임.

러브호텔 요양원

흥에 겨운 청춘들 은밀히 드나들던 집
국도 48번 허리께를 밤꽃으로 수놓으며
궁전 같은 뾰족지붕 밤새 반짝이던 집
팔순 어머니 그곳에 가셨다

요양원으로 변신한 러브호텔에
가족보다 더 극진한 보살핌 받으며
행복한 노후를 보장 받기 위해
은밀히 마지막 생을 의탁하셨다

버려져도 버리지 못하는 천형 같이
남겨두고 온 새끼들 걱정 끔벅이며
물기 어린 불빛 부옇게 잠 못 이루는
러브호텔 요양원

버거운 효성 그만 내려놓으라는 듯

아예 분노까지도 망각해버리고서
비로소 치매로 무거운 짐 다 벗으셨다
가벼운 영정 사진 한 장으로 돌아오셨다

간판을 다는 마을

대문도 울타리도 없던
집집마다 간판을 달고부터는
명절이 돌아와도
오는 이 없어 고적하던
집집마다 손님이 들끓는다
한여름 내내
두렁이 터질 듯 곡식 자라던
논밭마다 잡풀만 무성하다
평생
하늘과 땅에게 고개 숙이던 노인들
젊은 이방인들에게 낯설게 굽실거린다

아, 한리포 민박 마을

아파트적인, 너무나

그 저녁 나는 보았네
맞은 편
같은 높이로
열려 있는 삶의 창으로
젊은 부부가 싱싱하게
맨몸으로 헤엄치는 것을
아니 그 때
같은 무게로
층층이 포개어져
안락하게 흐느적거리는 삶들이
눈만 가린 채
수직 수평으로
저렇게 복제된 삶을 유출시키고 있는 것을
아파트적인, 너무나

행복사기(幸福史記)

홈플러스 작전점 032)540-8000 인천광역시 계양구 작전동 448-7 2002/10/13 22:48:41[일] 풀무원콩나물400G 1,100원 농협목계촌유정란10입 2,100원 구운파래김(20) 1,840원 백설올리브유500ML 4,490원 하이포크삼겹살 5,938원 종합어묵(대)800G 2,750원 닥터캡슐매실140ML*4 2,400원 DHA영재우유1.8L 3,500원 버터식빵 1,500원 동서하니컵380G 5,360원 어린이치즈짱180G 2,450원 띠앙 270G 2,390원 꿀떡 1,500원 크린캡30cm*50m*2 5,100원 위스퍼그린날개(소)34p 5,250원 진후드힙합자켓 15,800원 골덴바지 12,800원 학생실내화 1,850원 아동양말3매입 3,400원 푸우블럭조립차 14,800원 매출액98,768원 4378-0562-1671-xxxx 국민비자 일시불 행복한 하루되십시오.

오늘도 쇼핑카트 가득 무근하게 행복을 싣고 돌아왔다. 허리가 휘어지도록 행복은 얼마든지 살 수 있었다. 너무나 행복해서 이 기쁨을 후손들에게도 나누어 주고 싶어

충동적으로 史記를 쓴다. 우리들의 史記는 항상 미심쩍었지만. 史記를 쓰는 일은 결국 詐欺를 당하고 詐欺를 치는 일이지만.

북미산 랍스터

대형 할인 마트 식품 코너
수족관 바닥에는
기형적인 거만함이 가라앉아 있다
제 몸집보다도 버겁게 탐욕을 살찌운
집게발이 결박된 채 갇혀있는
북아메리카산 랍스터가 있다
순진한 딸아이는
웃기다는 듯 연신 깔깔거린다
전문요리점에 가서
가죽 껍데기를 벗기고
창자를 뽑아내고
그들의 생살을 뜯어먹는다
제네바 협정서에도 없는 신무기
안전한 포크와 나이프로
견고한 무장을 해제시키고
곰삭은 백인영화의 무용담을

물컹하게 씹는다
아서라,
허망한 역사의 기구한 윤회란
바로 저런 것이로구나

연육교 시대

다리를 건너
편리하게 섬으로 간다
승용차를 타고
다리 품을 팔지 않고도
신속한 사랑으로 물을 건넌다
배를 타고 가지 않는 섬
차를 타고 가는 섬에
바다는 이제 그 무엇일 것인가
섬을 욕망 속에 결박시켜 놓기 위해
연육교를 놓는 시대
때론 태초처럼
어둠 속에 가라앉고 싶어도
안개 속에 숨고 싶어도
불면의 戀陸은 강제된다
가슴에 패일 자동차 바퀴 자국의 깊이만큼
육지에 대한 사랑은 절뚝거린다

연육교에 밀려난 바다가
집을 나가 돌아오지 않고
사람들의 마음속에서조차
불편 없이 잊혀 갈 즈음
섬이 홀로 목말라하는 신음이
갈라진 갯벌 틈새로
메마른 노을처럼 피어나고 있다
戀陸橋가 철거된 連陸橋 시대

키친아트*의 추억

그 겨울 내내
프레스를 밟으며
스테인리스 포크 자락에
아름다운 무늬를 찍으며
나는 어설픈 아티스트였구나
노동자의 삶에는 찍지도 못할
감히 아름다운 꽃무늬
함박눈 꾸벅꾸벅 쌓이는 공장 뒤뜰에
주야간 교대로 발자국 무늬도 찍으며
일당 삼천 원으로 창조해낸 예술품들은
잘려나간 동료의 손마디와 바뀌어
조국근대화의 꽃 수출품으로
그 겨울을 아슬아슬 건너갔구나
몇 잎의 焚身에도 아랑곳하지 않고
다시 어슴푸레 봄날이 피고 지는 동안
희미한 안개로 건너가다가

이제는 잊혀져도 좋을

까닭도 모를 풋사랑으로 건너갔구나

그 겨울이 건너갔구나

* 주방용 스테인리스 제품 상표.

굽실거리지 마, 썬드라

눈부신 神들의 나라
색 바랜 티셔츠를 걸치고
비좁은 골목길을 곡예 하듯 털털거리며
크레이지 거버르먼트* 를 외치던
카트만두 택시 기사 썬드라
이방인이 되어 만난 사이라서인지
굽실거리던 표정이 더 왜소했던 그
보이지 않는 히말라야 설산도
가보지 못한 포카라도
굳이 미안해하지 않았어도 좋으련만
내가 적선한 미화 몇 달러의 인정은
지금도 두 손을 모으고 유효한지
굽실거리지 마, 썬드라
잘산다는 싸우스꼬레아 부러워하지 마
멀쑥하기만 한 이방인 따라오려 하지 마
유순하게 키 높은 히말라야 소나무

오늘도 흰구름으로 머리를 빗고
반들반들 꼿꼿이 서서 그렇게 청정할 텐데
구름 너머 설산에서 흘러내린 햇살
하얗게 색 바랜 무욕의 어깨 위에
그윽한 神의 눈빛으로 눈부실 텐데
굽실거리지 마, 썬드라

* crazy government

신창시기(新創時記)
 − 시계에 대하여

태초에 해와 달이 있었으니
사람들이 그와 더불어 유유자적(悠悠自適)하더라

해를 쪼개어 아침을 만들고
달을 쪼개어 저녁을 만들더니
사람들이 부지런함을 찬양해마지 않더라

모두 나누는 일에 몰두하여
아침과 저녁을 열 두 조각으로 쪼개더니
사람들이 그와 더불어 더욱 바빠지더라

사람들이 마음마저 쪼개더니
한 평생을 하루같이 맴돌다가
매양 제자리에서 조각조각 흩어지더라

살아있는 것들이 싫다
– 유홍준 시인

진주 문학 모임에서 처음 만난 그,
남강 매서운 겨울바람에도 움츠러들지 않은 마음이
한순간에 그만
그 강한 첫 눈빛에 철렁 찔리고 말았다
도무지 웃음 없는 사내
거무스름한 표정은 차라리 무표정
집에 단 한 개의 화분도 없다는
살아있는 것은 나무조차도 다 싫다는
서릿발 같은 냉소가
山寺 입구 나무들을 우수수 수런거리게 하고
시 속에는 그래도 삶이 담겨 있어야 한다는
군더더기 없는 무거운 어조가
큰 바위처럼 계곡에 드문드문 박히던 사내
〈시와 반시〉로 시인이 된 시인이지만
삶에 새긴 명함은 제지 공장 노동자

가을은 필요 없다

가을을 켠다,
단풍 구경을 떠나고 싶다,
설악산이 불타는 걸 구경했다,
치악산 내장산 한라산도 다녀왔다,
묘향산 금강산도 다녀왔다,
또 이름 모를 산들을 서너 군데나 두루 다녀왔다,
아름다운 외국도 다녀왔다,
하루에 이 많은 곳들을 다 다녀왔다,
편리하게 사무실 의자에 앉아서 다 다녀왔다,
해마다 벼르고 별러도
회사일이 바빠서 못 갔었는데
재미없이 사는 게 억울했었는데
이제는 정말 안심이다,
꼭 가을에만 가을이 오는 것은
아니다 가을은 이제 내 맘대로 켠다,
내가 원할 때마다 계절은 충성스럽게 켜진다,

계절보다 더 충성스러운 것은 사실
사무실 책상 위에서 종일 깜빡거리고 있는
삼성 매직스테이션 M2950 한 대다,
계절이 가려진 유리창 안에서
일 년 내내 변함없는 답답한 일과도
요놈의 퍼스널컴퓨터가 부리는 요술 덕택에
지루하지 않고 행복해진다,
가을은 마우스 끝에서 기다리고 있다가
클릭하는 순간 깜빡깜빡 모니터 가득 물든다,
나는 아무 불편도 없이
모니터 속으로 난 길을 걸어서
단풍 숲을 노닐다 온다,
때는 바야흐로 사계절 단풍 시대
이제 굳이 가을은 필요 없다,

자본이 반말을 한다

외진 강원도 산골 정선
현대화된 장터에 인파가 들끓는다

외지에서 열 지어 몰려온 관광버스
색깔 고운 등산복을 차려입고
관광객들이 점령군처럼 밀어닥친다

수수부꾸미 메밀전병 부치는 노파
눈코 뜰 새도 없이
부침개를 뒤집느라 진땀을 흘린다

중년 여자가 지폐를 꺼내 흔들며
호령을 하듯
당당한 표준어로 재촉을 한다

"할머니 빨리 좀 줘."

"네네, 조금만 기다려주시래요 손님."

깊게 눌러 쓴 수건 속에 감춘
굵은 주름살을 굽실거리며
노파는 연신 이마를 훔친다

자본이 반말을 한다
잠시 장터가 흔들렸다
세월이 덩달아 흔들리고 있다

간곡리 소나무

– 양양 간곡리 노미화 조용명 부부에게

간곡리에는 소나무가 산다
동해 매운 바람 마주 대하고
얼굴 불그레하게 얼리면서도
얼수록 윤기 선명해지는 푸르름을 이고
풍파에 거칠어진 허리 굽히지 않고
그렇게 마음만은 평생 굽히지 않을
넉넉한 가족이 모여 산다
기상이변처럼 어긋나게 몰아친
그해 폭설 온몸으로 떠받치다가
못내 힘겨워 가지도 부러지고
더러는 통째로 쓰러지기도 했지만
허리춤까지 묻히는 눈밭 가운데
꾸밈없이 성자처럼 기대 서 있는
다정한 한 쌍 소나무
이웃들 쓰다듬는 그 부드러움만은
쓰러지지 않으리라 쓰러지지 않으리라

마음 깊이 옮겨 심고
늦겨울 허리춤 다급히 추키며 뱉어내던
한계령 밭은 기침소리마저도
푸근하게 껴안으며 환속하던 길
간곡리에는 넉넉한 소나무가 산다

민협이 핸드폰

살다보면 어찌 아픔이야 없겠느냐마는
마음 시린 날 모처럼 술이 과해보고 싶었단다
결근을 하고 누워 밤도 깊어 자정이 목전인데
야간자율학습 끝내고 돌아가는 길
우리 반 공부벌레 민협이
가난이야 한 계절이라고 마음 도닥여 준 범생이
핸드폰 속에서 목소리도 조심스럽게
선생은 안녕하시냐고 아픈 것은 다 괜찮냐고
차마 고맙다고도 못할 찡한 위로를 보내는구나
괜찮다 다 괜찮다
사내 녀석이 그리 자잘해서야 무얼 하겠니
그리 여려서야 험한 세상 어찌 헤쳐 나가겠니
칭찬이 질책이고 질책이 기쁨인
대책 없이 겉늙어버린 어수룩한 선생은
마음 찡해서 세상이 찡해서
더 늦도록 끝내 잠도 이루지 못했구나

그날 밤, 그렇구나 민협아

어두운 밤길 지친 걸음 끝으로도

실직한 아버지의 불안한 꿈밖으로도

여전히 네 별은 밝게 빛나고 있었겠지

그렇게 지새웠을 우리들의 꿈속으로는

차갑게 빛나는 네 눈빛 같은 샛별 곁으로

공연히 낯 붉어 바라보지도 못할 내 별 하나도

닿을 수 없는 세월을 꾸벅이고 있었단다

아직은 네게 다 말할 수도 없는

내 마음의 오리온자리

그렇게 새벽하늘에 새겨지고 있었단다

부평지하상가 밤거미의 그리움에 관한 절규

아 어느날 문득,이라고 말하고 싶었던 그는 그리움에 주저앉고 싶었을지도 모른다. 모르는 사이 그리움은 집이었다. 잊혀진 계절은 그리움 밖으로 떨어져 부평공단 하수구 속으로 순대처럼 오무라든 굴포천 사타구니께에 검게 웃자라 가라앉았을 것이다. 잠이 두렵다. 가라앉는 잠. 잠이 그리움인 시절이 있었다. 다만 15층 철근자락 끝에 제발. 제발 집을 짓고 잠시나마 뒤척이는 마음을 잠들게 하고 싶었다. 싶었지만 마음이 줄곧 잠들지 못해 몸이 공중에 흔들리는 일생 동안 집이 있었으면 하는 공상만으로도 행복해야 했다. 했지만 새벽마다 인스턴트 커피향이 분처럼 얼룩진 자판기를 어루만지며 깰 것 없는 잠을 깬다. 그리움을 깨닫는다. 어느덧 그리움은 그곳에서 구절초처럼 코팅되고 누우렇게 알전구에 점등되어 살고 있었다. 오늘도 자판기는 그를 덜컥 뽑아 화려한 벌레집들의 불빛이 너무나도 눈부신 땅 속에 내려놓았다. 지하상가 밤거미. 그는 오늘도 그리움을 뽑으러 벌레처럼 땅 속으로 기어들고 있다

강화도 풍경

섬이 남루해진 치마를 걷고
야윈 종아리 상처를 말리고 있다

구불구불한 해안선을 이끌고
흐린 표정으로 바다가 쫓겨난 사이

거칠게 야위어가는 갯벌의 살갗마다
깊게 갈라진 상처 미로처럼 번져가고 있다

넘을 수 없는 길에 길이 막혀
다시 돌아와 섬을 껴안지 못하고
아득한 수평선 끝에 쓰러진 밀물

기진한 신음소리를
목마르게 쓰다듬고 있다

거짓 빵장수 전설

자고이래로 동방에 한 나라가 있어
슬픈 전설이 전해지는데,

백성아 백성아
빵을 줄게
자유를 내놔라

일사분란하게 대열을 이끌고
보무도 당당하게 빵장수가 들어온 날
양손에 빵을 움켜 쥔 소수의 사람들은
세상을 혼란스럽게 하는 자유를 비판하며
배부른 빵의 안정을 찬양했다

빵을 얻지 못한 대부분의 사람들은
굶주린 몸에 멍이 깊어지자
거짓 빵장수를 몰아내자고

난세의 영웅이 나타나야 한다고
은밀하게 수상쩍은 말들을 수군거렸다

백성들의 거센 저항에 쫓겨
빵장수가 물러가고
몸에서 멍이 사라지자
자유가 빵보다 더 배가 부른 것이라고
곳곳마다 기쁨의 노래가 마음껏 넘쳐났다

수십 년 뒤, 그러나
이상한 풍문이 거세게 몰아쳤다
과거는 묻지 마라
빵만이 진정한 자유다

옷을 바꿔 입고
다시 빵장수가 돌아온 날

모든 것을 파괴해버릴 지도 모를
강력한 폭풍이 몰려오고 있었지만
사람들은 벌써 다 잊어버린 듯했다

빵을 파는 상인은
불멸의 우상이 된 듯 했다
역사를 안정적으로 떡 주무르듯 하기 위하여
사람들의 헛배가 꺼지지 않게 하기 위하여
그가 판 것은 환각제였다

대를 이어 우상을 숭배하던 백성들은
몸도 마음도 대대로 가난했다고
가난한 전설이 슬프게 전해진다

돌의 소원

- 돌아 돌아 무명의 돌아 詩碑되어 섰지 마라
민중시인 죽어 새긴 시 是非로 남으리라 -

내 한 개 돌로 태어나
온몸 부드럽게 쓰다듬어 주는 낮은 들풀들과 더불어
인적 드문 산골짜기 들판에 아무 눈치 볼 것 없이 뒹굴며
이름 모를 들꽃들 아낌없이 나눠주는 은은한 향기에 취해
무명의 여유로움 위안 삼아 지금껏 살아왔느니

혹여 운 좋게도 몸 바칠 일이 있다면
이름 새겨 애써 내세우지 않고도
이름 낮은 사람들 속에서 거들먹거리지 않고도
아쉬워하거나 욕심 더 부리지 않은
고단하고 순박했던 민초의 마지막 생을 감싸 안고
둥근 산자락 진득하게 다독여 달래주는

차라리 원시를 닮은 투박한 돌무덤이 될지언정

고품격 휴식들이 쾌적하게 노니는 도심 공원 한 복판
시집 한 권 읽을 여유 없는 변두리 비정규직 노동자가
거친 손마디로 곱게 깔아주는 비단 잔디를 밟고 서서
낭만적인 삶이 남긴 몇 권의 욕망을 기념하기 위해
남은 자들이 남긴 욕망의 목록을 전신에 새기고 선 채
남은 생이 다 부스러지도록 그 이름을 선전해야 하는
是非가 될 詩碑는 되기 싫다

돌려다오 내 이름 없는 이름을
유명한 이름과 거추장스러운 삶을 철거해다오
실업의 밤을 막막하게 기대놓고 막소주에 취한 누군가가
홧김에 걷어차는 쓰린 발길질을 막아다오

제3부

사랑 무렵

단풍나무 아래 내려놓은 마음

단풍나무 아래 마음을 내려놓고
휘청거리며 떠나네

겨울이 오고
함박눈 속에 서서 외롭게 얼어갈 때
다가올 발자국 설령 없더라도
마음 녹지 않아 한 생애가 춥더라도
거짓말처럼 봄이 오고
지난 생이 녹아내리는 소리
벚나무 가지 끝에 피어 눈부실 수만 있다면
다음 생의 가을 다시 붉고 붉어서
그대 다가올 수만 있다면,

그대 발등에 언 마음을 내려놓고
빈 길 떠나려 하네

붉은 감옥

붉은 가을날
눈부시게 내리친 번개
피할 새도 없이
손금 패어 나간 자리
아찔한 골짜기 떠내려 온
상처처럼 붉은꽃에 감전되어
그만 눈을 잃고
마음속에 감옥을 짓네
평생을 가두고도
다음 생마저 가둘지 모르건만
어쩌자고
아편쟁이처럼 취해
고통을 허물지 못하네

600만 화소의 사랑

600만 화소로
사랑을 새긴다
겨우 한 사랑만 통과하도록
바늘구멍 같이
마음을 비장하게 조여
너저분한 세상 차단하고
250분의 1초의 두근거림으로
블랙홀처럼
순식간에 빨아들여
가공의 디지털 심장에
그대를 감광시킨다
우리
어느 별에서
600년을 살아간다 한들
그렇게 진한 인연
천 년 암벽처럼 새기랴

내 마음의 베제크리크*

퇴색하지 않을

벽화

* 중국 투루판(吐魯番)에 있는 베제크리크(Bezeklik) 천불동. 불교 석굴
사원으로서 벽화가 유명하다.

不惑의 사랑

비로소
불혹에야 사랑을 깨닫는다
주체할 길 없어
헤프게 퍼내 버린 간밤
봄꽃 향기 고였던 자리마다
바닥을 드러낸 우물
이제 외로움만 섬뜩 차올라
깊이도 모를 심연으로
마지막일지도 모를 두레박을 내린다
목마름에 기대어
제법 깊어진 사막에
길을 내려놓는 불혹의 한낮
푸석 마른 마음자락 끝에서
더 버릴 것도
보탤 것도 없는
선인장 가시 같은 사랑

온 몸 찌르며 돋아난다

비로소 낙타 고삐를 놓는다

차 한 잔

마음은
제법 따끈하게 끓여야죠
그대를 감싸 안는 순간
언 손 녹고
생이 훈훈해지도록
쓸쓸한 가을빛은
고독이 너무 진하지 않도록
가볍게 떨어지는 나뭇잎
두어 잎새만 넣고요
혹시 노을이 너무 붉다면
그리움은 조금 더 달콤하게
듬뿍 녹여도 좋겠고요
오래도록 따스함 스미도록
천천히 입술을 적시다가
눈이라도 찡긋 마주치면
찻잔 속에서

세상은 눈부실 텐데요

첫눈 오는 날에는

첫눈 오는 날에는
그대를 향해 열려있는 마음의 길을 따라
세상의 끝까지
아주 천천히 걸어보고 싶다
가다 보면
이윽고 어스름 녘에 닿아서는
순백한 눈 위에 발그레하게 물든
그대 마음이
은은한 불빛으로 솔솔 새어나오는
마른 꽃 한 다발 스카프처럼 두른
아담한 창문의
외딴 카페 문 앞에 서게 되리라
잠시의 망설임 끝에
두근거리는 손길로
세상 끝에 걸려 있는 액자 같은
또 한 세상의 문을 열고

미소도 고운 불빛 속으로 들어가리라
긴 잠에서 깨어난 장작난로가
귓불 간지럽게 내뿜는 더운 숨결을
마음 훈훈해지도록 껴안는 동안
지나온 생이 걸어온 어수선한 길들이
광막한 눈밭에 묻히고
길 위에 길이 포개지는
경이로운 정경을 보게 되리라
어스름 속으로
지상의 시간 지우며 첫눈 쌓이는 날에는
따스한 불빛 속으로
마음의 끝까지 걸어가고 싶다

겨울 바람

– 미조포구에서

아담한 고요가 정갈한 노을로 깔리는

남해의 끝

조금씩 마모되는 꿈에 기대어

낡은 어선 몇 척 흔들흔들 정박해있던 곳

어디로부터 날아왔는지 이따금

몇 무리의 낯선 물새들

거센 바람 한 줄기씩 베어 물고

야트막한 언덕배기에 언 날개를 묶는

어스름이 유난히 포근했던 곳

지상의 끝을 다정히 감싸 안고

은밀하게 달아오르던 노을 속에

긴 겨울밤 내내

방파제 품안에 외로운 몸 찰싹여대던 파도를 닮은

서늘한 눈매의 情婦 하나 숨겨 놓고 싶은 곳

미처 녹지도 않은 아침 햇살을 서걱서걱 걸치고

어디론가 출항해버린 작은 어선들이

공연스레 공허하던 곳
부시시한 표정으로 황망히 떠나오던 길목
저멀리 하얗게 넘어지며 손 흔들던 남해 바다가
가야만 하느냐 하느냐 간간이 배어나오는 눈물을 섞어
듬성듬성 눈발을 끼얹어대던 산모퉁이
웬 바람은 또 그리도 거세던지
넘어져 상처투성이인 마음은 이미 휘청휘청
절벽 아래 방파제 끝에 노을로 얼어붙어
언제까지나
그 미조의 파도빛 눈매를 기다리고 싶었다네
간혹은 철렁 까닭 모르게 일상을 주저앉히고
보송보송한 바람 두어 자락 머플러처럼 두르고
불현듯 찾아가
몇 줌의 눈발에 발길을 묶고
노을과 더불어 마냥 주저앉고 싶을 것이라네

사랑 무렵

문득, 그리움 무렵이었다
세월의 먼지 뽀오얀 발등이
때론 막막하게 높은 하늘 어디쯤을
길이라고 생각하면서 휘청휘청 걷고 싶었다
함박눈 무수히 수련으로 피어나는 겨울 강
생각을 눈물처럼 한없이 낮게 가라앉히고 싶은
그리운 풍경 물들 무렵이었다
예견할 수도 없이
서늘한 눈매로 휘몰아쳐온 눈보라를
온전히는 감당할 수 없다 하면서도
위태로운 가지 끝 무모하게 기대어
천 년 바람 속처럼 낮게 견뎌보려 했다
그것이 목숨이라면
더는 숨길 것 없는 마음의 벼랑이라면
더는 물러설 수 없는
세상의 노을 끝 버티고 선

오직 한 그루 나무뿐이라면
그대 오던 길에 나가
남은 생을 막막하게 서성이고 싶었다
그리운 풍경 발치로
눈 깊은 겨울 옆구리를 차갑게 뒤척이는 강물이
저렇게 제 마음 송두리째 얼려가면서
그리움을 기다림으로 낮게 가라앉히는
어쩌면, 사랑 무렵이었다

가슴 치는 사랑의 시인

경남 남해 바다에 가면
맑은 물빛을 닮은 시인이
반생을 돌아보며
제 가슴을 치는 소리가 철썩거린다
굽이굽이 초행길마저도 정겨운
땅끝 포구 미조에 가면
싸늘한 새벽 어판장에 주저앉은
질척한 아낙들의 마음을 후끈 사로잡으며
당차게 펄떡이는 물메기 같은
미조초등학교 선생 오인태의 사랑이 꿈틀거린다
감히
그리움으로 몇 날의 몸살 끝에 달려가*
보지 않은 자는
미조리에 갔었다 말하지 말라
생애의 절반을 온통 멋모르는 사랑으로 보내*
보지 못한 자는

미조리에서 사랑을 말하지 말라
자칫
사람을 사랑하지 않고
사랑만을 사랑하는 시대에
뱃전을 때리는 거친 파도를
뜨거운 가슴속에 들어 앉혀
한뉘를 철썩이는
진정 사랑의 어부
그대만이
미조리의 시인

* 오인태 시, 「미조리 가는 길」에서 인용.

산벚나무 연서

너무,
겨울은 길었습니다

미처,
바라보지도 않았던 먼발치 능선
계절이 남기고 간 누더기 자락
꽤나 칙칙하게 덮여 있던 기억이
한껏 지루해질 대로 지루해질 무렵

문득,
점점이 찍힌 수채 물감처럼
연분홍 미소 헤프게 흘러내리길래
무작정 마음이 하얗게 홀려서
연둣빛 산길을 이끌고 그대에게 가는 길

드디어,

그대 무릎께에 이르러
숨차게 올려다본, 아
푸른 하늘 가득 복받쳐 오르는
무언의 빛살 조각들 눈부셨으나

그대,
첫 꽃은 너무 급해서
미처 마음에 따 담을 틈도 없이
봄비 한 번 제대로 적셔볼 틈도 없이
단 한 번의 도도한 破顔大笑 끝에
엷디엷은 색 서둘러 버리더이다

너무,
올봄은 짧았습니다

검은 사랑

마그마 같은
뜨거운 사랑 분출하다가
시커멓게 가슴이 다 타버린
제주도의 돌,
파란 바닷물
끊임없이 끌어안아 보지만
구멍 숭숭 뚫린 가슴
아무것도 안지 못하고
하얗게 일렁이는 억새꽃 같은
파도 조각들만 뱉어 내네
폐병쟁이 같은 그리움만 뱉어내네

밤송이처럼

한 여름 내내
온몸 빈 틈 없이 가시를 세워
저렇게 앙다물고 손길 뿌리친 이유가
저절로 마음이 열릴 때까지 무르익혀
스스로 알알이 떨구기 위한 오기였다니,

밤송이처럼 후드득 마음을 열고
네 손을 독하게 잡던 그날

여행

그리운 사람과
여행을 떠나고 싶은 생이 있다
낯설어서 가슴 두근거리는 길 위
들꽃처럼 조급함 없이 계절을 피워 물다가
어느덧 그대와의 경계 끝에 이르러
하늘과 땅이 수줍게 이마를 맞댄
고요하고 평화로운 노을을 만나도 좋으리
세상의 끝이라도 마냥 좋을
그 먼 그리움의 길가에서
어스름 속에 고단한 그림자를 주저앉히고
한 생의 외로움 홀로 서서 견디는
나무의 영혼을 덮고 누워도 좋으리
서로의 외로움 별빛에 기대어도 좋으리
꿈 밖까지 팔베개를 한 은빛 철로에 누워
생의 그리움 고즈넉이 덜컹거리며
새벽 안개 같은 눈빛을 나누다가

영원히 지지 않을 별 하나
동터오는 그대 하늘에 빛나게 해도 좋으리
세상의 경계 끝으로
오래도록 그리워할 사람과
여행을 떠나고 싶은 생이 있다

지극 정성의 삶

박두규(시인)

1

나는 나이 들면서 사람 만나는 것이 예전하고 좀 달라졌다. 전에는 누군가를 만나 하룻밤 통음(痛飮)으로 새긴 사소한 세간의 약속일지라도 한 십 년은 그냥 달고 다녔는데 요즘은 그게 잘 안 된다. 하룻밤을 꼬박 새우는 것도 힘들어졌고, 무슨 약조를 한다는 것도 우스워졌고, 무엇보다도 사람에 대한 신뢰라는 것에 목매며 사는 것 자체가 탐탁찮아진 것이다. 그렇다고 사람에 대한 신뢰가 없어졌다는 것은 아니고, 그게 그렇게 중요한 것이 아니라는 생각을 하는 것이다.

요즘 내가 사람에 대해 전폭적으로 걸고 있는 것이 있다면 사랑이다. 사람들은 한 생을 살며 믿음과 희망과 사랑을 가져야 하는데, 그중에 제일이 사랑이라고 말한 예수는 역시 대단

한 사람이다. 믿음이 있어야 사랑도 할 수 있고 희망이 있어
야 살아갈 수 있다고 말할 수도 있겠지만, 사실 아무런 조건
없이 사랑 하나로 들이대면 불신도 해결 되고 절망도 해결되
는 것이니 사랑이 제일이라고 말한 것은 틀림없는 진리라고
생각한다. 우리가 사는 세상을 포함하여 우주의 진정한 본류
가 있다면 그것을 사랑이라는 것 말고 무엇으로 설명할 수 있
을 것인가.

　　글머리부터 웬 사랑타령이냐고 할지 모르겠는데, 요즘 내
자신이 좀 그런 쪽으로 거시기한 편이고 그러다 보니 이 발
문에서 김영언이라는 시인을 그런 관점에서 이야기하고 싶어
서 그렇게 된 것 같다. 그리고 사실 시집의 꽁무니에 달린 해
설처럼 부질없는 것이 어디 있으랴. 비평의 영역을 폄하하고
싶은 생각은 추호도 없으니 오해 없으시기를 바라며 하는 말
이지만, 시라는 게 본래 인간의 영혼을 이야기하기 위한 하나
의 방편이었다는 점에서 보면 그렇다는 것이다. 그래서 시는
좋은 시도 없고 안 좋은 시도 없는 그냥 시일뿐이라는 생각이
다. 다만 쓰는 사람도 그렇고 읽는 사람도 그렇고 지극하게 정
성을 다하다 보면 스스로의 영혼을 뒤흔드는 무엇인가를 얻을
수 있다는 생각이다.
　　잘 쓴 시어서 그게 있고 못 쓴 시어서 그게 없다는 것은 일

등이니 공부 잘하고 꼴등이니 공부 못한다는 말과 같은 것이리라. 나도 30년 넘게 못난 선생으로 벌어먹고 살고 있지만, 공부라는 것에 잘하는 것이나 못하는 것이 어디 있겠는가. 시가 그냥 시인 것처럼 공부도 그냥 공부일 뿐인 것이다. 살면서 내 영혼을 흔드는 무언가는 내 존재와 대상의 존재 자체에 지극한 정성으로 집중해 있을 때 오는 것이지, 그것들의 상황과 조건 때문에 오는 것은 아니라고 생각한다. 시 형식이 갖고 있는 본래의 기능을 경시하는 것은 아니고, 다만 시가 되었건 무엇이 되었건 삶에 대한 '지극한 정성'이 있다면 그 존재 자체로 훌륭한 생명력을 가지게 된다는 것과 또 그것을 존중해주어야 한다는 것을 말하고 싶은 것이다. 그래야만 비로소 내 영혼의 두레박질도 가능해지지 않겠는가.

어쨌거나 김영언 시인은 문단의 변방에서 자기 삶에 정성을 다하며 시도 쓰고 애들도 가르치며 그야말로 정성껏 살고 있는 사람이다. 그를 만난 것은 교문창(교육문예창작회) 모임에서였다. 가까운데서 자주 만나는 사이는 아니지만 만난 햇수가 제법 늘어나다 보니 그의 사람됨을 조금씩 알게 되었다. 얼마 전 그에게서 전화가 왔다. 그 말투에 묻어나는 느낌을 짐작하건데 망설이고 망설이다가 하는 전화가 분명했다. 시집을 내기 위해 발문을 부탁하기 위한 전화였는데, 이미 누구에겐가 한차례 거절을 당했다는 말을 앞세우는 것을 보니 그의 성품으로 보아 참 어렵게 거는 전화라는 생각이 바로 들었다. 나는 나의 부족한 필력을 빼놓고는 거절할 이유가 없었다. 발문이라는 것은 비평적인 글도 아니고, 그냥 그 시인으로서의 됨됨이와 시에 대한 감상을 애썼다는 격려와 함께 쓰면 되겠다 싶어 가벼운 마음으로 쓰겠노라고 했다.

2

각설하고 그의 시에 대한 감상을 몇 마디 해 볼까 한다. 김영언 시인의 시집 초고를 읽으며 염두에 둔 것은 그가 살면서 가지고 있는 문제의식이 무엇일까 하는 것이었다. 일별하고 나니 먼저 온 것은 '욕심'이었다. 그 다음이 '자본'이고 마지막이 '사랑'이었다.

만약 인간에게 탐욕이 없었다면 인간사가 얼마나 무미건조했을까 하는 생각이 없는 것은 아니지만, 우리는 이 탐욕 때문에 세상의 모든 사건과 사고 속에 묻혀 사는 것이라고 생각한다. 그리고 이 탐욕에 끌려다니는 이상 결국 참된 자신의 영혼을 짐작도 못해 보고 한세상을 보내고 말 것이다. 다시 말하면, 시를 쓰건 그 무엇을 하건 사람이 살면서 가장 바탕에서 해야 할 일은 탐욕이라는 잡초를 끊임없이 제거해야만 한다는 것이다. 존재의 뿌리로부터 함께 자라나는 탐욕을 풀을 매듯 늘 뽑아내지 않으면 콩밭은 풀밭이 되어 농사를 망치고 콩을 수확하지 못하니, 삶 자체를 실패하고 본래의 자신을 살지 못하게 된다는 말이다. 다음에 소개하는 시는 이러한 탐욕과 함께 그것이 얼마나 헛된 것인가를 말해 주고 있다.

집을 짓는다
허공에 벽을 둘러치고
길을 막고 하늘을 가린다

바람의 길이었으나
구름의 정원이었으나
하늘을 덮고 서서 자는 벚나무의 잠자리였으나

욕망의 높이만큼
견고하게 구획을 짓고
나무의 잠을 쓰러뜨린다

이 세상 잠시
꿈의 밀실을 꾸미기 위해
층층이 벽돌을 쌓아 올린다

지상을 밀어 올려

구름 같은 삶을 세웠으나

비로소 허공을 차지하였으나

저 멀리

흰 구름 흩어지는 것도 모르고

눈을 가린다

- 「집짓기」 전문

위의 시처럼 우리는 '허공에 집을 짓는다.' 바람의 길이나 구름의 정원, 그리고 벚나무의 잠자리를 빼앗아 허공에 집을 짓는다. 많은 시들에 등장하는 '집'이라는 시어의 의미망 속에는 '존재의 근원'을 가리키는 것들이 많다. 우리는 '나'라는 존재를 짓기 위해 자연의 균형을 깨고 우주의 순환 질서를 거스른다. 하지만 그것은 허공에 집을 짓는 것처럼 존재의 거처로서는 부질없고 허망한 것일 뿐이고, 시에서 말하는 것처럼 이 세상에 와서 잠시 '꿈의 밀실'을 꾸미기 위한 것이며, 본질에서 벗어난 삶이라는 것이다. 탐욕의 본질을 참으로 적절하게 형상화하고 있다.

그렇지만 현대인들은 대부분 이러한 탐욕의 중심에 살고

있다. 현대인이라는 우리는 200년 자본의 세월을 보내면서 뼛
속 깊이 자본의 DNA를 내장하게 되었다. 자본의 본질은 탐욕
에 다름 아니다. 자본주의의 근본에는 많으면 많을수록 좋다
는 생각이 자리 잡고 있으니 그로부터 파생된 물량주의, 경쟁
주의, 속도주의, 이기주의, 물질만능주의 등등의 자본 이데올
로기가 현대인들의 삶을 지배하고 있는 것이다. 그래서 시집
에 나타나는 두 번째 문제의식이 '자본'이다.

　　외진 강원도 산골 정선
　　현대화된 장터에 인파가 들끓는다

　　외지에서 열 지어 몰려온 관광버스
　　색깔 고운 등산복을 차려입고
　　관광객들이 점령군처럼 밀어닥친다

　　수수부꾸미 메밀전병 부치는 노파
　　눈코 뜰 새도 없이
　　부침개를 뒤집느라 진땀을 흘린다

　　중년 여자가 지폐를 꺼내 흔들며
　　호령을 하듯

당당한 표준어로 재촉을 한다

"할머니 빨리 좀 줘."
"네네, 조금만 기다려주시래요 손님."

깊게 눌러 쓴 수건 속에 감춘
굵은 주름살을 굽실거리며
노파는 연신 이마를 훔친다

자본이 반말을 한다
잠시 장터가 흔들렸다
세월이 덩달아 흔들리고 있다

- 「자본이 반말을 한다」 전문

'자본이 반말을 한다.' 참 점잖은 표현이다. 자본은 영혼을 궁핍하게 할 뿐 아니라 삶 자체를 피폐화시키고 있다. 자본의 진화는 이미 반생명·비인간의 수준에 이르렀고 삶의 지표에 혼란을 가져왔다. 우리 사회의 정치·경제·문화 등 모든 영역의 현실은 8할이 '돈'이다. 본질적으로는 탐욕의 문제고 현실적으로는 자본의 문제다. 정초 덕담으로 '부자 되세요.'라는 말은 자연스럽다 못해 이제는 너무나 간절한 말이 되었다.

이 시에서는 정선 장터 노점상 노파와 도시에서 온 관광객 중년부인이 자본과 비자본의 대립각을 보여 준다. 시골의 할머니하고 도시의 중년부인은 이미 드라마나 문학 속에서 정형화된 대립과 갈등의 상징이어서 신선하지는 않지만, '자본이 반말을 한다'는 표현이 가지는 자본에 대한 가치부정의 기준은 좀 새롭다. 자본은 이미 반말을 하는 정도가 아니라 살인을 하는 지경에 이르렀다. 하지만 시인의 자본에 대한 시비의 출발점은 '반말'부터다. 살인의 수위보다 훨씬 낮은 반말의 수위부터 문제를 삼고 있다는 생각이 들었다. 시인의 일상적 삶이 얼마나 엄격한 자기 잣대를 가지고 있는지 짐작케 해 주는 것이기도 하다.

실제로 김영언 시인을 만나 보면 자기 관리가 철저한 선비를 보는 듯하다. 그리고 그의 삶이 또 그렇다. 남들에게는 한없이 부드럽고 따뜻한 마음을 주면서도 자신에게는 엄격한 사람이다. 사실 나 같은 성격으로는 좀 답답할 정도로 그는 정직하고 엄격한 것 같다. 좀 심하게 말하면 선생님을 하기 위해 태어난 사람처럼 보인다. 아무튼 김영언은 자본의 악성코드를 일상에서 정확히 인지하고 있고, 그것을 우리의 현실 삶을 뿌리부터 뒤흔드는 중요한 문제로 인식하고 있다.

그리고 김영언 시인은 탐욕과 자본으로부터 오는 반생명적이고 비인간적인 현실을 타개하고 극복하기 위해 '그리움' 또는 '사랑'의 정서를 회복하고자 한다. 그리움이나 사랑이라는 단어는 일상 언어로서도 그렇지만 시어로서 가지는 의미 변주의 폭은 매우 크다. 이번 시집을 관류하는 '탐욕·자본·사랑'이라는 시인의 문제의식적 사유에서 보면 그리움이나 사랑은 연리지의 한 나무처럼 근본 사유는 동일하게 읽힌다. 개인의 '탐욕'이 모인 사회의 '자본'과 그것을 극복하기 위한 개인과 사회의 정서는 그리움이나 사랑 같은 마음의 바탕을 변화시키는 것이 절대적인 것이다. 이러한 마음의 바탕은 사람이 가지고 있는 본래의 면목이기도 하겠지만, 그 본래 마음을 오래 전에 잃어버린 현대인들에게는 어쩌면 개인의 가치관과 세계관의 변화를 요구하는 근본 변화 내지는 의식의 차원을 한 단계 점프시키는 혁명적인 것이기도 할 것이다. 그만큼 어려운 요구가 되었다는 말이다. 하지만 이 문제에 대한 김영언식 접근이랄 수 있는 것이 개인의 진정성에 바탕을 둔 '지극정성의 삶'이라고 할 수 있겠다.

'세상의 평화를 원한다면 내가 먼저 평화가 되어야 한다.'는 화두처럼 현대는 '근본 마음에 대한 성찰'이라는 시대적 요구를 받아들여야 하는 시점에 와 있고, 김영언 시인은 자기 방식으로 그것을 살아내고 있다고 보여진다.

문득, 그리움 무렵이었다

세월의 먼지 뽀오얀 발등이

때론 막막하게 높은 하늘 어디쯤을

길이라고 생각하면서 휘청휘청 걷고 싶었다

함박눈 무수히 수련으로 피어나는 겨울 강

생각을 눈물처럼 한없이 낮게 가라앉히고 싶은

그리운 풍경 물들 무렵이었다

예견할 수도 없이

서늘한 눈매로 휘몰아쳐온 눈보라를

온전히는 감당할 수 없다 하면서도

위태로운 가지 끝 무모하게 기대어

천 년 바람 속처럼 낮게 건너보려 했다

그것이 목숨이라면

더는 숨길 것 없는 마음의 벼랑이라면

더는 물러설 수 없는

세상의 노을 끝 버티고 선

오직 한 그루 나무뿐이라면

그대 오던 길에 나가

남은 생을 막막하게 서성이고 싶었다

그리운 풍경 발치로

눈 깊은 겨울 옆구리를 차갑게 뒤척이는 강물이

저렇게 제 마음 송두리째 얼려가면서

그리움을 기다림으로 낮게 가라앉히는

어쩌면, 사랑 무렵이었다

– 「사랑 무렵」 전문

김영언의 '지극정성'은 간절함에 다름 아니다. 위의 시에서 그가 그려 놓은 '그리운 풍경'은 '생각을 눈물처럼 한없이 낮게 가라앉히고 싶은' 그러한 간절함과 연결되어 있다. 이것은 진정성에 바탕을 둔 '지극정성의 삶'이기도 하고, 자기 본성을 보기 위한 깊은 명상의 다른 표현이기도 하다. '그리운 풍경'은 이러한 자기 성찰의 내체험(內體驗)도 없이 올 수 있는 것은 아니다. 그래서 그는 '위태로운 가지 끝 무모하게' 기대어 '더는 물러설 수 없는 마음의 벼랑'에 있는 것이다. 그리고 마지막 구절처럼 '저렇게 제 마음 송두리째 얼려가면서 / 그리움을 기다림으로 낮게 가라앉히는 / 어쩌면, 사랑 무렵이었다'라고 노래한다.

3

시인의 '기다림'과 '사랑'은 연리지와 같은 한 몸이라고 했지만 사실 김영언식 사랑은 일상이라는 바다에 녹아 감추어져 있는 사랑이다. 어느 시대, 어느 사건, 어느 무엇을 극복하고 진화하는 데 늘 그 바탕에 있었던 것이 사랑이고 앞으로도 그럴 것이라고 생각한다. 다만 그 사랑을 우리는 그동안 너무 우상화시켜 왔고 (종교들이) 관념화시켜 왔으며 (학문들이) 특화시켜 왔다(사회적 정서가). 그래서 사랑은 진도의 진돗개들처럼 거리를 쏘다니지만 어느 것 하나 잡아먹지 못한다. 사랑이라는 단어조차 식상해져 누가 '사랑!' 하고 말하면 닭살부터 돋는다.

하지만 근본 마음에 대한 성찰이건 본래 면목이건 명상의 끝에서 삶에 대한 답으로 오는 눈부신 빛은 우리가 사랑이라고 말하는 그 무엇이다. 김영언 시인은 이 답을 종교나 지식이나 논리, 관습적 사유로써 얻거나 또는 얻으려 하지 않고, 아니 아예 그런 생각도 없이 그냥 자기 삶 속에 생래적으로 가지고 있었던 것처럼 일상을 그와 가깝게 사는 듯하다. 사랑이라는 단어를 한 번도 쓰지 않고 자신의 구체적 일상을 사랑으로 살아낼 수 있다는 것은 오로지 지극정성의 간절함이 내 깊은 곳에 내장되어 있음을 망각하지 않은 채 일상을 바라보고 상대방과 대화하고 그렇게 밥 한 그릇을 먹는 거라고 생각한다. 이게 소위 '깨어 있다'는 것이 아니겠는가. 김영언이 그렇게 일상을 살고 있는지 아닌지는 모르겠으나, 그와 함께 있으면 그런 분위기가 감지된다.

발문을 쓰기 위해 시를 '간절한' 마음으로 읽다 보니 얻은 것이 많다. 무엇보다도 읽고 쓰는 동안 김영언의 시를 통해 그간의 어지러운 내 마음을 모처럼 한번 정리할 수 있었다는 것이 고맙고, 김영언이라는 사람과 그의 시를 통해 그동안 잃어버렸던 사는 일의 정성스러움을 나의 일상으로 건져낼 수 있었다는 것 또한 고마웠다. 이 글이 발문으로서 부족하거나 적절하지 않다 하더라도 어쨌든 고맙다.

일러스트_김예빈(한지에 수묵화)